KB260825

이강우 제2시집

철새들의 춤

국립중앙도서관 출판시도서목록(CIP)

철새들의 춤 : 이강우 제2시집 / 이강우. — 서울 :
한누리미디어, 2007
    p. ;   cm

ISBN p; 978-89-7969-317-1 03810 : ₩10000

811.6-KDC4
895.715-DDC21   CIP2007003721

이강우 제2시집

철새들의 춤

한누리미디어

1. 야생화

3. 매일 피는 꽃

4. 눈 오는 날 참새잡이

1

야생화

야생화(野生花)

바라는 소망
갖고 싶은 욕심도
바람에게 내어주고는
빈 마음으로
피워낸 꽃이기에
보는 이들의 가슴에
오래 남는가 보다

모진 세월
비바람 세찬 날들
맨몸으로 견뎌 내고는
빈 마음으로
피워낸 꽃이기에
찾는 이들의 마음에
오래 피어 있는가 보다

길가 풀 숲
이름 없어도 좋은 꽃을 보며
잠시 속세 떠난 구도자가 된다

빈 마음에
호사롭지 않아도 좋을
꽃 한 송이 가꾸기로
곁에 머무는 바람에게 전한다

옥수수 장수와 비둘기

낡은 트럭 밑으로 비둘기 몇 마리
슬금슬금 숨어들고 있다
김이 모락모락 넋 놓고 바라보던
옥수수 파는 아저씨 반쯤 먹던
알갱이 밑밥 따라 조금 조금
낚인 고기처럼 눈알 번뜩이며 다가온다

떠돌이 장사꾼이 될 운명이었을까
애초부터 비둘기를
유인하고 싶었던 것은 아니었다
오른손만으로도 똑 똑 한 알 한 알
왼손에 올려진 어쩔 수 없는 유혹
익숙해진 두려움으로 쪼아 먹는다

조수석에 앉아 졸던 아내의 눈총
빈 대공 집어 던지듯
비둘기 힘껏 공중으로 뿌리친다
나풀나풀 힘없이 떨어지는 손바람에
잠시잠깐 머무르던 희망들

조각조각 흩어지며 추락한다

두려움도 익숙해진 놈 날려 보내곤
허탈함 달래렴인지 식은 옥수수만
애꿎은 솥단지에 주섬주섬 넣는다
흩어진 알갱이 쓸어 모으는 손아귀엔
방금 떠난 비둘기 돌아와
황금날개 펄럭인다

춘설(春雪)

님을 그리는 내 마음을 알기라도 하였는가
펑펑 흰 눈이 내리더니만
환하게 웃음 띤 님의 얼굴만큼이나 반갑더니만
꿈에서나 보았던가
흔적도 남겨두지 않고 사라져 버렸네
사랑은 이다지 야속한 것임을
보고픈 마음도 한 때의 꿈임을
꽃 피는 춘삼월에 내린 눈에서 보았네
야속하여 울었네

개나리

꽃 먼저 피우려고
땅이 채 녹기도 전
체온으로 키워낸 사랑

뼛속 마디마디
골병 든 것 감추고
사랑은 이런 것임을

만발한 웃음
찬사와 감탄에 우쭐대며
철부지처럼 웃다 보낸
춘몽의 세월

사랑의 끝은 슬픔
기진맥진 잎 돋우고
기력 찾는 모성애

산다는 건 정녕

능히 하늘도 밝힐 등불에 적응 못하고
허겁지겁 땅 속에서야 나래 접고 안주한다
보금자리 닿을 한참 동안 만이라도
빛 아래 웅크린 애벌레 형상
쳇바퀴 꿈을 찾는다

빛을 피해
더 깊이 깊숙이 파고들수록
지하철 바퀴 구르는 소리
어제처럼 꽉 막힌 어둠에 부딪고는
터널 속에서만 맴돈다

아직은 본능적인 희망이 꿈틀대지만
웅크러진 겨드랑이의 조직은
감각을 잃었는지
허물 뚫고 날개 돋을 기미가 없다

막장 속에서나마
정제된 노다지 찾는 광부처럼

산다는 건 정녕 꿈임을
오늘도
지하철 7788 안에서 확인할 뿐이다

작가 권

숲길 풍경

걷는 이 뛰는 이
오가는 사람들
크고 작은 개미들과 함께
생명의 열정이 그득한 숲길이다
주인 닮는다 했는가
국적도 모를 강아지가 뒤뚱이며 좇아간다
앞서가던 발자국에 무참해진 개미들의 사체
살아 있음과 주검의 모습들
정녕 다른 것이 무엇이랴
살아 있는 생명체들은 더욱 분주하다
스쳐 지난 바람이 남긴 적막의 숲 길
사체들마저 흔적이 없다
삶과 죽음이 같은 것임을 저들은 아는가 보다

소나무 숲에서

먹이 찾아 떠났던 까치들이
숲으로 돌아오기 시작한 무렵
그림자 길게 뉘인 소나무가
참새 무리에게 품속을 내어준다
힘겹게 찾아든 녀석들까지도
넉넉함으로 보듬어 안는다
시끌시끌 정겨움이 눈물겹다
평화로움과 행복이 함께하는
베풀어 내어주는 삶에서
선택된 사랑을 받는 이유를
늘 푸르게 살 수 있는 이치를
이제야 조금 알 것 같다

소나무와 제비꽃

내 몸뚱이보다
몸집 좋고
위엄 있어 보이는
소나무 숲에는
크고 작은 잔 나무들이
별로 없다

못 살게 굴어 쫓아냄인지
겁먹고 피해 달아남인지
드문드문 볕드는 곳으로만
부실한 녀석들
눈치라도 보는가
움츠린 채 살아간다

다행인 것은
빛 고운 제비꽃
환한 보랏빛
숨은 듯 피어 있기에
소나무 숲은
아름답다

고로쇠(骨利樹)나무

갖고 싶지 않다
흔적마저도

칼끝으로
속살까지 도려낸 자국들

고로쇠(骨利樹)의 고통
빼앗기는 자의 한(恨)
방울방울
점점이 쇠약해져만 간다. 뼈도 영혼도
피하고 싶어도 벗어나고 싶어도
무기력과 무저항
그러나 찢긴 상처 침묵의 의지로 이겨낼 수 있음을……
욕망을 앞세운 파괴도
모래와 자갈과 시멘트가 배합된
탄소동화작용의 의지로
주검의 흔적 그대로 간직한 채
새 살로 상처를 감싼다.

잎을 돋우고……

………………

……꽃을 피운다

아주 작은 산(山) 이야기

어른 두 사람이 아이 둘을 데리고 산에 왔다

나무 높은 곳에서 들리는 새의 소리에
힘이 센 어른이 손뼉과 거친 소리를 내고는
발바닥으로 나무를 힘차게 걷어찼다
샛노란 새 두 마리 푸드득 날아간 높은 나무 사이를
사내아인 몇 번인가 힐끔힐끔 돌아본다

계집아이에게 빨갛고 하얀 꽃 한 줌 쥐어준 여자 어른이
수북이 쌓인 낙엽 위에서 귀를 쫑긋 세운
왕다람쥐 보라고 소리치자 주먹만한 돌이 날아갔다
딱 소리와 함께 여자아이 손에 쥔 꽃 한 주먹
길바닥에 떨어졌다

이후
두리번대는 두 아이에게
새 소리도 청설모도 눈에 띄질 않았다

슬픈 아침

아침이면 들려주던
박새의
청잣빛 소리
어제 밤에
둥지라도 잃었는가
백년 송 가지에
걸린
깃 털 하나

철새들의 춤

하늘이 노했는가 보다
저녁 태양의 부릅뜬 눈에서
핏빛 불길이 쏟아진다
놀란 겨울새들이 울먹울먹 모여오고
저녁 해보다 일찍 끊긴 물길엔
옅은 파도만이 가냘피 인간의 흔적을 지우고 있다
조갯살 같은 맨살로 갈대밭은 바수어지고
썩어지던 땅덩이는 거죽만이 불길이다
가득 메운 속죄양들의 빠진 깃은
아픔 딛고 선 꽃잎 되어 너울너울 내리고
분을 삭이지 못한 하늘은
애꿎게 구름에게만 불을 지피며 노여웁다

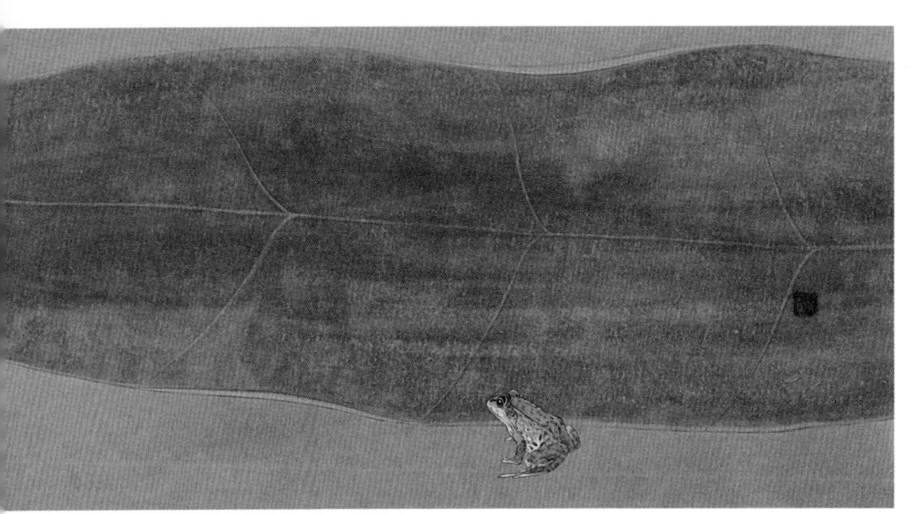

겨울의 서녘 하늘은 자학하며 몸서리친다
어둠에 숨어 쉬고픈 산이며 잘려나간 숲도
편치 않아 열이 오르는가 보다
찬바람 앞세우고 찾아온 후조들만이
하늘의 노여움을 춤으로 삭이려 한다
인간은 이 세상에 없는 시간이다
하늘과 땅과 분노한 태양과
하늘 덮은 철새들만이 자연이다
차디찬 이곳에 스스로 찾아 와서는
원죄도 없는 맑고 정결한 모습으로
붉새 피우고 붉살 태우는 시각에
이곳 사는 이들의 잘못을 대신하여
속죄하는 군무제를 올린다

*붉새 : 아침 노을
*붉살 : 저녁 노을

갈매기의 슬픔

밀려오는 파도의 끝자락에 서서
파도 너머 너른 바다를 보고 있다
맑은 물과 모래에 티끌 먼지 한 점
깃에 다리에 엎혀지고 묻혀짐 없는
흠 없는 모습만이 신선의 기품이다
한 무리의 사람들이
부시럭이는 먹이의 달콤함을 흩뿌리자
파도 외면하곤 우르르 몰려 다툼이다
바다를 등지게 한
철없는 인간의 욕망에 길들여진 갈매기의
가련한 눈빛
영혼을 벗겨 보는
덧없는 나의 눈빛

논과 밭 사이 두렁

가을을 보려고 들을 찾았다
호박꽃은 아직 한여름인 줄 아는가 보다
이 꽃 저 꽃 달콤하게 탐하고도
징징대는 벌들에게 몸 활짝 벌려준다
나비는 수줍어 숨었는가 보이지 않고

하늘 높은 곳에선 수숫대
하늘 낮은 곳에선 벼이삭
망을 뒤집어 쓴 우스꽝스러운 조이삭도
새와 먹이 다툼하는 사람들의 뉘우침을 위해
머리 숙여 가을의 기도를 드리고 있다

용케 살아남은 메뚜기 한 쌍
꼬투리 풍성히 단 콩잎에 앉아
멍청해진 눈망울 크게 뜬 채
둘러보아도 보이지 않는 혈육을 찾고 있다
여전히 풍성한 듯한 두렁에서

소싸움과 농민

대대로 흙을 다습게 일구며
살아오신 우리 조상들
소는 그 삶의 철학을 받들어
쟁기질 써레질하며 순하게 살았다

저것 봐라 저것 봐라
뿔과 뿔이 서로 엉켜 피가 솟고
지치고 지쳐서 눕고 싶어 하는
두 마리 황소들
서로가 다른 편 되어서
마구 싸움질 시키느라 충혈된 모습

사람들 하는 것이란 게 뭐냐
농민들 축제에 소싸움이다
싸움터에 몰려들어 내기를 하며
서로가 얼굴 붉히며
마음의 싸움질에 흥도 깨졌다

그저 이겨야 하고
농부의 마음은 이끼가 꼈다
조상님들의 거룩한 삶을 보며
오늘이 부끄럽기만 하다

권금성의 노송

설악산 정기의 심장
권금성 비곡에 노송 한 그루

가지 한 끝 꺾임 없고
잎 한 솔 상함 없이

안락사 석등에 등불마저 치운 채
수백 길 벼랑에 결가부좌한 팔백 년

미련스레 우둔한 바위 꿇어앉혀 놓고
수도정진 중인 붉은 솔 무학송

마등령에 해 걸쳐 놓고 오는 바람에
부엉이 눈 뜨는 소리뿐이다

해탈 앞둔 수도승의 고귀함을 본다
바라만 보아도 마음 가다듬을 경외심

오욕 잠재울 깨우침을 받으려

품에 안아 보았다 나를 품어 주었다

무언의 어머니 품이었다

저어새의 죽음

저항의 몸짓이 없었다
겟세마네 동산이 아닌
무명의 숲에서 갯벌에서
창조된 모습으로만
살았던 흔적들은
삶 자체가 평화 아니었던가
이기적인 인간들의 욕심이
저지르는 행위가 두려움인 줄 모른 채
순백의 삶을 살 줄만 알았던
저들을 멸종으로 내몰아 왔다
가늘어져만 가는 다리
무디어져만 가는 부리
쌓여만 가는 가여움은
죄를 짓는 이들에게도
때 늦게 깨닫는 아픔이었다

사람의 눈빛이 두렵다
날갯짓도 못하고 쓰러지고
허우적거리다 하늘로 멈춘 다리

앙상한 십자나무로 서 있다. 그것은,
침묵의 땅에 박힌 병사의 유골처럼
채찍과 못 박아 죽였던 바로 그
인간들을 위한 순교였다
제초제와 농약으로
땅도 죽이고 자연도 죽이고
욕망으로 얼룩진 만행이었다
무저항으로 죽어 갔던 생명들이
허무함이 아닌 부활로 승천되기를……
죽음의 의미도 모르고 죽어갔던 영혼들과
자연 속에 사는 생명들에게 바치는
고백의 기도 천연기념물 205호

보호수 소나무

네모 반듯하게 쇠 파이프로 선을 그어 놓고는
등기도 없는 땅에서 마음 편히 살란다

어둠의 자물쇠 풀고 해장국 집에서 버린 뼈다귀
고양이 핥다 핥다 남겨둔 땅
해장술 걸치기 전 배설물로 덧 그려진 곳이
수백 년 살아 온 소나무 어르신의 지본도란다
일제 때에도 빼앗기지 않았댔는데
일방적인 땅 따먹기로 다 빼앗고는
잘 모실 터이니 투덜대지 말고 이곳에서 살으시란다

부대에 꾹꾹 긁어 담던 갈퀴 소리와
잔가지 꺾여지게 그득 묶인 송진 냄새도
양철 연통 속에서 모락모락 피워내던 솔방울 연기도
그리워하지 말고 죽은 듯이 있으란다

깡통 속에 잡혀 석유냄새에 발버둥치며
죽어가던 송충이 시절보다
뿌리부터 갉아 먹는 재선충을 품고

곁에서 죽어가던 모습을 보았을 때보다
더 섬뜩함이다

기껏 백 년도 못사는 너희가 어찌 삶의 이치를 아는가
조상 대대로 살아오며 지켜온 고독한 역사를 어찌 아는가

허리 굽은 노인장 몽당비로 몇 번 휙 쓸고는
일수 장부에 도장 찍듯 관리부에 눈도장 찍고는 사라진다
며칠 전 신사 몇이서 뿌려 놓은 막걸리 자국
허옇게 드러낸 굵은 정강이뼈에
색동 리본 매단 쥐새끼만한 강아지
오줌 찔끔대곤 흙도 없는 시멘트바닥 뒷발질로 긁어댄다

웃는 여인의 입가에서 긴 칼 찬 순사의 미소를 보았고
붉은 입술에서 시뻘건 악몽들이 보였다가는
아파트 지붕 위로 솟구친 붉은 태양에 놀라 사라진다

앙코르와트 바콩사원에서

천 년 세월의 흔적이
말없이 흐르는
시간의 바람 앞에 맴돌다 스치운다

존재가 허무였고
찬란했을 무상함은
표정 없는 몸짓으로
소리 잃은 침묵

삶은 허물어져 밟히고
주검들은 먼지 되어 떠돌며
고독과 절망은 새가 되어
먼 이방인에 낯가려 운다

탑 속에 갇힌 영혼처럼
욕망의 사슬에 묶인 중생들
생의 끝에서도 겸허할 수 있는
깨달음을 얻은 곳

채워지지 않을 번뇌와
벗지 못하는 멍에를
빛바랜 돌 틈에 얹어두고
무거운 발길을 옮긴다

앙코르와트 톤레삽 호수에서

물 속에 잠기는 태양을 보았다
앙코르와트 톤레삽(Tonle-sap) 호수에서
붉디붉은 불을 뿜어 태우더니만
검은 흔적만 남기곤 물에 잠겼다
물을 밟고 사는 마을까지도

자학하는 물결과 상처로 얼룩진
판잣집 유령의 눈빛처럼 밝혀진
불빛 촛불 호롱불도 암흑에 묻혀지는
호수촌 일몰의 비경이라며 감탄한 부끄러움이여
슬픈 눈동자를 외면한 위선의 냉정함이여

마른 갈잎 같던 애원의 손
헐벗은 맨발로 물 달라던 몸짓
어린 참새 죽였던 환영이듯 아른댄다
가진 것 모두 어느 하나 내어주지 못하고
속없던 환호성과 감탄이 탄식을 남겼다

오늘도 철썩이는 물소리 들으며

해 넘어간 호수 끝 바라볼 눈동자에
허물어진 왕궁에서 둥근 하늘 보듯
꿈조차 암흑으로 덮인 검은 꿈이 아닐까
큰 눈에 핏빛 눈물 그득한 비련의 호수

융프라우에 오르며

구름 속에서 빚어낸 걸작 융프라우에 오른다
놀라움이 멈춰지지 않는 감격 그 자체로
풀 한 포기를 보는 산악열차에서
내 살 속에 밴 흙 냄새를 맡는다
갈증과 메마름이 그치지 않았던 곳
다툼으로 이어져 온 돌 구름 풀 한 포기까지도
인내로 삭이며
견뎌내야만 했던
땀으로 얼룩진 땅이 아닌 낙원
융프라우 꽃 비단 길에 선택받은 민들레
질경이 한 포기를 보는 나는 슬픔이다
존재 자체가 즐거운 듯 청아한 새 소리며
형형색색 자태로 평화를 만끽하는 저 들꽃들은
나를 키워낸 흙 속의 야생조 야생화와 다른 운명
먹이 다툼
질경질경 밟히고 쪼개진 틈으로 뿌리박아야만 했던
아우성의 들새와 들꽃
선택받은 알프스에서 보는 서글픔
정을 주리라

보듬어 안으리라
시련의 운명을 한으로 삭이며
억척으로 살아가는
민들레 한 송이
소중히 가꾸리라

단테 생가에서

몇 백년 전 발자국 소리에 이끌려
모퉁이 돌아돌아 나가면
멈추어 버린 옛 시간을 만난다
긴 옷 입은 긴 걸음과 긴 이야기의 역사가 엄숙하다
큰 걸음을 따르는 무리들이 모여 귀를 세우고
소리 없는 열광과 추앙을 보낸다
보이지 않으나 들리고
감아도 나타나는 옛 환영
세월이 흘러 역사가 바뀌었다는 호들갑은
현실 속에 수없이 떠도는 전설
골목골목 새겨진 주인공들은 빈 고독일 뿐이다
피렌체 시뇨리아 광장에서
베아트리체의 환영이라도 좋겠다
보고 싶고 새겨 담고 싶어
못 이룬 여인을 가슴으로만
자학의 고통을 짓밟고 다니도록 한 슬픈 이야기는
인생은 가도 사랑은 영원한 것임을
이루지 못한 한스러움일지언정
오늘도 단테는 한 조각
돌 속에 담긴 초상화로
외진 로마의 골목에서 슬퍼하고 있다

2

겨울의 희망

난(蘭)이여!

난 꽃이 피었다

절세가인(絶世佳人)
보고 또 보고
난향천리(蘭香千里)
가까이 더 가까이
애지중지(愛之重之)
귀하게 소중하게

보름이 고작인 것을
주검의 색 띠더니만
그리 가는 것을

난(蘭)이여
나의 손등에도
검버섯 피더이다

삶의 이유

힘겨워하는 이들에게
동징의 말을 건네지 말고
고통 받는 사람들에게
측은한 눈빛을 보내지 말며
삶의 의미를 찾으려 방황하는 분들에게
논하거나 시시비비하지 말아야 한다

힘겨움 뒤에 찾은 기쁨도
고통 뒤에 얻은 행복도
방황 뒤에 만난 평화도
스스로 찾아낸 보물이기 때문이다
이러함이
예측 없이 다가오는 어떤 삶이든
소중하게 맞이해 살아야 할 이유이다

신세타령

쉰 댓살에 찬밥덩이
쉰 김칫국에 뚝뚝 떠서
쉰 목구멍에 퍼담고는
쉰 소리도 한 번 못내뱉는
쉰 몸뚱이 가련타

해상(海上) 독백

보이는 건 물뿐이다
먼 바다까지 실려 온
갈매기마저도 날지 않고
물고기가 있는지도 모를
얼마만큼이나 깊은 곳 위에
떠 있는 존재일까
내 내려설 곳은 어디쯤일까
어지러움과 두려움
항해를 중단하고 싶은
그렇다고 뛰어내릴 자신도 없는
되돌아가기엔 더더욱 멀고 멀기에
파도가 잦아들고
흰 구름 사이로
새들 나는 것으로 보아
발 딛고 설 곳이
가까워지는가 보다
항해의 끝이 보이는가 보다

다리 위에서

가던 걸음 멈추었다
건너 갈 길이 온 길보다 짧다
힘겹게 왔는데도
되짚어가고 싶다.

동행자는 속히 건너자 한다
태어남부터 지금껏 함께 했건만
싸우고 미워했던 그 모습 그 시절
다시 만남이 두렵다는 이유다

삶은 새롭게 맞이해야 하며
운명은 과거가 아닌 미래에 있단다
처음의 상처와는 달리
다시 겪는 고통은 견딜 수 없다는 충고다

행복이 세월의 길고 짧음에 있음이 아니거늘
걸어온 길에 욕심 버리고
머리 끄덕이고는
함께 발을 옮긴다.

산(山)을 넘으며

이 고비
넘기면
행복일까

첩첩이
솟은 산도
터전이듯

피하고 싶은
고생도
삶인 것을

휩쓸고 간
홍수도
물인 것을

깨달음의 계절

가을의 한복판을 보고 싶어 들녘을 찾았는데
둘의 색을 둘의 마음으로 보고 나서는
깨달았다. 하나의 마음과 하나의 색이라는 사실을
잡티 한 점 없는 하늘을 가난한 마음으로 보았고
황금 융단 깔린 들녘을 넉넉한 마음으로 보았는데
결국 하늘과 들녘은 같은 색이고
가난함과 넉넉함은 같은 마음이라는 사실을 깨달았다

가을은 깨달음의 계절이라는 사실도……

산사(山寺) 풍경

높은 산
탑 층층에 끼워 맞추고
세월의 무게
이기지 못해
부러진 가지에 새겨둔
옛 산사의 지붕엔
불자들의 염원이
향불 같은 와송화(瓦松花)
한 송이 피워냈다
표정 없이 비질하는
번뇌 벗은 스님의
빗자루 끝자락엔
갖가지 갈잎만이
이리 저리 쓸려 나간다
부처님의 깨달음
한 장 갈잎이 아닐런지

까치집

너른 땅을 밟으며 걸어도
흔들리고 넘어지는 삶
수십 년을 살면서도
무너질까 두려움에 떠는 보금자리
힘들고 지쳐 쉬고 싶어도
인생의 수레는 늘 주정차 금지이다
한 순간도 고요할 수 없는 높은 나무
얼기설기 마른 삭정이 위에서
종소리 사라진 십자 철탑에서도
달빛에 눈 띄우고
폭풍에 날갯짓 배우는
변함없는 원초적 삶의 순종
탐욕과 파괴로 불안해 하는 중생들에게
결코 허무가 아닌
깨달음의 이치를 담고 있음을

위선자들 세상

종탑이 사라지고
삭막한 모습의 십자가조차
평화로운 하늘을 현혹시킨다

어떤 십자가에
까치가 앉아서는
제 목소리 외쳐대고

녹슨 십자탑엔
까마귀들이 종 떼어낸 자리를
점령해 버렸다

비둘기는
종소리 잊혀지듯
하늘의 십자탑 안에 머무르질 않는가 보다

밥그릇

어느날 밥그릇이 바뀌었다
이십여 년도 넘도록 먹을 것을 담았던
이제야 쌀밥에
때때로 콩과 함께
잡곡들이 그득한 풍요에 어울리는
청자색에 고풍스러운 품격
그 전통스러운 위세가 버겁단다
무겁다는 핑계와 함께
보수적인 사고는 진보적이지 못하단다
가볍고 깨어지지 않는
혁신적인 소재라면서
밥그릇의 임자와는 한 마디 의논도 없이
바꿔 버리고는 잘했다 한다
이후로는
밥 먹는 품위가 혁신적으로 추락하였다
밥맛과 함께

외길

낙엽 쌓인 산길을 걷는다
참나무 잎 밟히는 소리와
솔잎의 아름다움이
번뇌의 마음에 평화롭다
갈퀴나무 지고 오던 산길
고향 떠나던 옛 신작로는
비포장인 채 기억 속에 남아 있고
걸어야 할 외길은
청려장(靑藜杖) 하나 지니면 좋으련만
벗어버리지 못하는 육신은
언제 멍에 벗고
한 점 구름 되어 날으려나

행복의 근원

향기 없는 꽃에는 벌 나비도 없고
벌 나비 없는 꽃에는 열매도 맺지 못하며
바람 없는 바다에는 파도도 없고
파도 없는 바다에는 갈매기도 떠나는 것처럼
시련 없는 인생사에 근심이 없다면
근심 없는 인생사에 행복이 있으려나?

고속도로에서

고속으로 가야만 하는 길
속도의 무게를 느끼면서
세월의 끝을 잡고 외길을 간다
유턴할 수 없는 운명으로

잿빛 먼지 뒤집어 쓴 트럭에 실려
잊혀진 소달구지 형상처럼
아픔으로 지나쳐 왔던 기억들이
세월의 짐 벗어 던진 채 녹슬어 가고

그리움으로 감추어진 산자락 너머로
허리 굽혀 누우신 할머니처럼
조각난 기쁨으로 채우진 추억들이
해넘이한다

멀어진 시각보다 빠르게 달려온 삶들은
백미러에서 자취를 감추듯
아득히 보이지 않을 곳으로 사라져 갔다
얼마쯤 더 가야 멈추어 쉴 수 있으려는지

가을 호수

산 그림자 드리운
호수를 바라보고 있다
새털구름이 단풍과 어우러져
황홀하다

산허리 깊숙이 잠긴 곳
한 무리의 오리들이
평화의 정의를
퍼포먼스로 보여줌인가

얼굴 붉히며 아귀다툼하는
선과 악의 갈림길도 없고
욕심에서 비롯되는
생로병사의 근심도 없는 곳

단 하루만이라도 꿈꾸어 보는
신선의 삶
너이고 싶다
호수이고 싶다

마음의 창(窓)

내 심장만이나 한 창으로
너른 세상을 본다
꽃도 새들도 무심(無心)히 살아갈 뿐
이곳엔 관심조차 없다
바람조차도

무성해지고 날고 뛰고
거듭된 부활의 모습으로
넉넉하게들 살아가는데
창에 가두인 욕망은
늘 그곳에서 번민이고 자학이다

그러다가는
부딪고 상처되고 퇴화되어짐도 잊은 채
감각적으로 도는 심장만이
점차 짙어가는 어둠에서
살아 있음을 외친다

두려운 욕망

벗어난 줄 알았는데
밤 바닷가를 거닐다
욕망에 대한 미련이
아직도 있음을 알았다

불꽃놀이 끝난 해변은
파도소리 더욱 요란하고
어둠 또한 짙기만 한데
마음은 굳은 침묵이다

루소도 나이 오십대에는
탐욕에 움직인다 했던가
떠나지 않는 욕망이
나를 깨울까 두려웁다

어디에서 방황이

산까치는
삶의 행복이
산에 있음을 알기에
단 한 번도
바다 위를 날지 않으며

갈매기는
자기의 운명이
바람이 몰고 온
파도 위에 있음을 알기에
산을 바라보질 않는데

내 영혼은
방황 멈추고
편히 쉴 곳 어디이기에
욕망 좇아
헤매이려 하는지

뜸부기 둥지

뻐꾸기와 뜸부기가
개개비의 둥지에 알을 낳을 쯤엔
어둠은 옅어지고 밤은 술렁인다
혼자 있을 때면 뻐꾸기 좋아
개개비의 둥지를 탐하는가
하루를 접고 육신을 벗어난 영혼은
부수어지고 찢겨진 상처의 흔적으로
번뇌의 늪에 빠져 잠들지 못한다
진실과 거짓을 오가며 분주하다
오늘처럼 살다 간 시간들은 사체되어
매번 갈등의 공간에 수북이 쌓였고
동이 트는 아침이면 쓸려갔다
혹한 추위를 이겨낸 나무는
짙은 흔적을 나이테에 담는데
얼마쯤의 아픔의 세월을 헤매야
피안의 둥지를 품게 되려나

뜸부기 둥지

상실의 시대

불을 다 끄고 하늘을 보아도
어둡지 않으니 밤이 실종되었는가 보다
엄마 품을 파고드는 젖먹이만이
보이지 않음이 두렵다는 사실을 아려나
님 그리워 어둠을 기다렸던 계집만이
얼굴 가릴 수 있음에 고마워하려나
눈 부릅떠 호통을 쳐도
외눈박이 질끈 반만 뜨고 노려보아도
위엄 잃은 아버지의 신세처럼
영악해진 사람들에게 빛의 권위는 추락이다
호박꽃 속 반딧불이 전설의 주인공들은
달빛 심지에 희망을 까맣게 태우고도
하늘 보며 가슴을 훤하게 밝힐 줄 알았었다
상실의 시대
욕망 앞세워 암흑까지도 오염시킨 이들은
양심마저 내버린 그 자리에
역겨움 그득 담고서도 뻔뻔스레 외친다
밝은 하늘에 맹세코
한 점 부끄럼 없이 살고 있다고

대장간

생철을 거듭거듭 달구어 두드린다
야장의 굳게 다문 입과 이마의 땀
칼로 호미로 낫으로 잉태되어
존재의 사명을 부여받고 진열된다

부러지고 무디어진 옛 세월의 흔적
새 삶으로 태어난 모습에서 찾아보는 나
지난 수고로움과 보람을 불에 녹여버리고는
갈고 닦여져 새 삶을 찾고 싶은 순리의 삶

무에서 유로 창조되어 함께 한 세월에서
상처로 남겨진 흔적들인데 어이하여 나는
아픔으로 간직되어 방황하는 모습인지
다 태우고 새로이 다듬어진 생명이고 싶다

보로 위에서 태어난 저들 농기구처럼
욕망으로 무디어진 육신과 마음까지
불에 녹아 쓰임새 반듯한 모양새로
돌아온 탕자처럼 새로이 다듬어진 육신이고 싶다

겨울의 희망

마른 잎이라도 붙어 있었을 땐
앙상한 모습이 서럽게 보일 줄 몰랐습니다
바람이 불면 흔들림 속에서
함께 추억을 더듬어 찾을 수 있었고
지나는 사람들의 발길이 머무르며
눈길도 주었드랬습니다
비가 오고 함박눈이 펑펑 쏟아져 쌓여도
힘에 겨운 앙상함은 시련 그 자체입니다
즐겨 찾던 새들의 소리 흔적조차 빼앗긴
이 몰골이 싫은가 봅니다
행복했던 추억까지도 앗아가려는 듯
바람만이 밤낮으로 괴롭히는 질긴 인연입니다
어느 지하도에 웅크린 채 잠든 노숙자도
행복했었고 희망에 부풀어 살았드랬습니다
어차피 새롭게 잎을 내고 꽃을 피워야 할 환생이라면
추억이 무슨 소용이겠습니까
과거는 모두 잊기로 하겠습니다
질긴 악연마저도 끊고는
죽었다가 다시 살아나렵니다

3

매일 피는 꽃

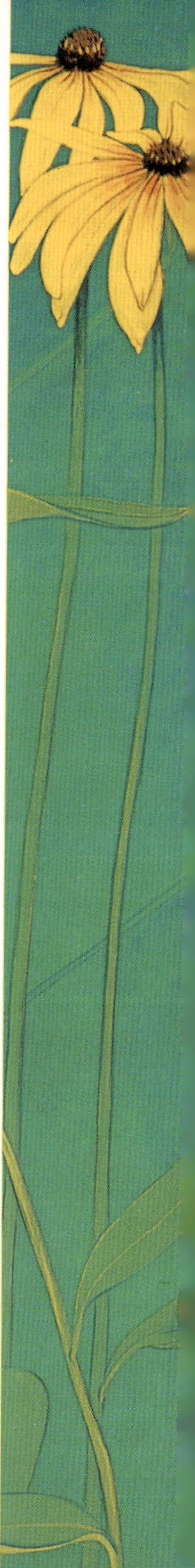

봄의 노래

풀릴 것 같지 않던 저 들판에서
갈라지고 터지고 꽁꽁 언 채로
영영 헤어나지 못할 것 같던
죽음과 같던 저 논과 밭에서
이 곳 저 곳 녹색 웃음이 솟는다
맑은 피 흐르는 소리와 함께
녹색의 함성 봄. 봄. 봄.

빈 까치집 스산했던 저 숲 속에서
날아든 산새 소리의 따스함이
두엄 짊어진 농부의 품속으로
야위고 굽어진 노숙자의 가슴으로
이 곳 저 곳 녹색 웃음이 솟기를
부푼 꿈 커가는 소리와 함께
녹색의 함성 봄. 봄. 봄.

삶과 운명

노랑 민들레
꽃 피는가 했는데
흰 민들레
활짝 하늘 본다

노랑나비
흰 나비
한 번 다녀가더니

올망졸망
어린 씨앗
숨결 모아
날개 달고는

먼 세상 데려갈
바람 찾는다

산비둘기 되어

교무실 들어오는 옆 화단에
파릇한 풀이 싱그럽다

창문 밖 하늘 중간쯤엔
느긋이 지나는 열 칸짜리 전철

구석진 운동장
아직은 봄 타령이 관심 없는 은행나무에
산비둘기 한 마리
허전한 공간을 채우고 있다

이 맘쯤 고향에 가면
양지 바른 논두렁 마른 풀 숲 속엔
씀바귀 뿌리가 봄을 머금고
벌써 꽃 피우려는 냉이에게 시샘할 텐데
게슴츠레 눈 뜬 개구리 고심하다가
두엄 진 발자국 소리에 질끈 다시 감고는
간 밤에 내린 봄비에 기지개 켤 텐데

갈 길 잊은 산비둘기 봄에 취한다

잃어버린 봄

봄을 기다리던 사람들에게
꽃이 피었다
아름다움을 보고 싶은 이도
죽음의 문턱에서 헤매던 이들도
노랗게 물들여진 울타리에서
산새 소리 맑은 산자락에서
흰 목련처럼 활짝 웃고 싶은 때이다

기다려주려나
아직 암울함 속에서
봄을 맞이하지 못한 이들
봄의 꽃을 못 본 이들
뒤로 한 채 서둘러 가버리면 어쩌나
벌써 푸른 잎이 돋아나는데
매정스레 봄이 가버리면 어쩌나

붉은머리오목눈이의 슬픔

바람도 없고
고요함이 더욱 짙어지는
숲길을 걷는다
흔한 솔새 소리라도 들리련만
창조주의 거슬림 없는
개미들만이 분주하다
꽃잎이 아니어도 좋으련만
무수한 나뭇잎 하나 아는 체를 않는다
지독한 외로움은 고독하게 죽은 자의 변명
발걸음 멈추고 걸어온 길 돌아보고는
갈 길마저 끊고 만다
어디선가 빈 둥지만 바라보고 있을
붉은머리오목눈이의 가슴을 찢는
새소리 뻐꾹 뻐꾹 소리
뻔뻔스럽게 숲 속의 고요를 깨운다
내 오른 쪽 깊은 곳에서 새어 나오는
뻐꾸기 소리가 고독스레 운다

여치소리

어제도 오늘도 억수로 내린다
해마다 찾아오는 장마
우산을 펼쳐 썼는데도
뚫어진 곳으로 스민 빗물
어깨로 흘러 가슴을 적신다
세월은 다시 왔는데
옛 시절은 간데 없고
우산 때리는 빗소리만 요란하다
횅한 가슴으로 스며드는 추억
바닥 숭숭 뚫린 툇마루에 나와 앉을 때
봉당으로 주룩주룩 흐르던 낙수
숲을 그리며 울던 여치
밀짚 속에 갇혀 더욱 서러웠었나 보다

녹색의 미소

심통 부리던 추위 물러난 자리를
봄비가 자주 찾는다
온화하고 다정하게
녹색의 미소로
파랗게 파랗게 솟는 생명들
이 봄엔
거칠어진 얼굴 얼굴에 푸른 웃음이 피어나려나

봄바람이 분다
밝은 목소리로 노래하는 날새들
꽁꽁 닫혔던 마음이 열린다
메마른 가슴이었는데
낮에도 밤에도 이 곳 저 곳에
기쁨이 가득 담긴 향기로움
척박한 이 땅 구석 구석에 꽃들이 핀다

우울한 날

아파트 모퉁이로 몰쳐 부는 바람이
묶은 다발 되어 몰아친다
사과 궤짝에 꾸부정히 앉은 노인
우의도 벗겨진 줄 모르고
파 미나리 상추 여미기에 여념없다
멋스런 차림의 우산 속 여인
잘 다듬어진 미나리 파 더 달라며
떼쓰더니만
꾸깃한 지폐 두 장 건넨다
더욱 세찬 빗물은
너풀너풀 비닐 위에 고이고
여인 실은 택시
매연 쏟아내곤 떠난다

야채를 사던 아내

끝이면 좋으련만
일기예보에선 비 온다 한다
아내가 야채 사러 가자 한다
구름 덮인 하늘이 무거워 보이고
기분도 흐리고

난장판은 아닌데
북적 북적인다
그득 실은 사람도
빈 밀대를 밀고 다니는 모습도
웃는 얼굴들이 없다

감자 한 봉지
열무 한 다발
뒤적뒤적 망설이던 아내
값을 보더니만
파 한 묶음도 없는다

무너진 흙 더미에 묻힌 채소들

거센 물살에 쓸려가던 감자들
보고 또 보았던 화면들이
둥 둥 떠내려가는구나
아내의 저 표정

무너진 하늘이시여

정안수 한 그릇 장독대에 얹어놓고
투박한 손 비비며 소원하는
가난한 어머니의 소망은 하늘이셨습니다.

굽은 허리 더 굽어질지라도 오직
쌀농사 풍년이기를 목청 높이던
가난한 농부의 소망도 하늘이셨습니다

하늘만 바라보며 소처럼 살았던
산나물 옥수수로 허기진 배 채우던
가난한 산 속 사람들의 소망이 무너졌습니다

정안수의 소망도 풍년가의 희망도
옥수수 알에 영글던 꿈도
무너져 버린 흙 더미
넘쳐나는 물 속으로 묻히고 쓸려갔습니다

하늘은 이제 더 이상
가난한 마음을 지닌 이들의
하늘이 아닌가 봅니다

꽃에도 황혼이

낙엽 수북한 길가에
타고날 때부터가 연약한 모습인데
한생을 살았는데도 키만 삐죽하고
줄기도 잎도 누렇게 늙었다
꺾일 듯 휘어진 가지 끝에는
화랑에 걸린 액자 속에서 본 듯한
내 할머니 젖가슴에 핀 꼭지만한
코스모스 한 송이가
주먹 편 다람쥐 손바닥 같다
흐르는 몸뚱이 멈춰 세우고는
가리운 곁가지 치워내면서
애처로이 매어 달린 잎도 떼어 냈다
초라하다 생각이 들었는데 보면 볼수록
다가서는 너의 자화상이라며
보여줌이 엄숙하다

욕심내어 성급하게 살다 간 꽃이여
뽐냄으로 일찍이 꺾여진 삶이여
환생하여 다시 피어나고자 한다면
하늘도 땅도 저무는 가을에 오시구려

만월(滿月)

희망이 하늘에도 땅에도 그득하다

땅이 묵직하고 부는 바람도 듬직하고
짝 찾던 생명체들도 잉태 후 숨 고르는 계절이다
맨몸 드러낸 만삭의 여인이 하늘을 어우르고
그늘진 마음들을 어루만지는 계절이다
떨어진 은행 알 하나 말간 몸뚱이
달빛 고운 잎이 덮고 또 덮으려 하지만
풍성한 몸 가리지 않아도 좋은 밤이다

환히 밝아진 얼굴들의 둥그런 웃음 속에서
땀방울 식혀주던 바람이 머뭇거린다
고진감래(苦盡甘來) 일필휘지(一筆揮之)
들판의 황금 창고마다 쌓인 기쁨과
거나하게 흥취한 강산의 기쁨들이
일장춘몽(一場春夢) 아니기를
불붙는 밤 잠들지 못해도 좋은 밤이다

평화가 하늘에도 땅에도 그득하다

행복

바람 부는 날이면
갈매기들은
날개에 바람을 얹고

비 내리는 날이면
나무들은
잎새에 비를 담고

내일이 걱정되는 날이면
가난한 이들은
하늘에 복을 쌓는다

서낭당(城隍堂)

우산 속에서 옛 평화롭던 시간을 더듬는다
힘없는 고목에 낡은 몸 지탱하고 선
빛바랜 흑백 사진 앞에 서서……

학교 오가며 돌을 던져 얹고는 깽깽 발로 뛰어 지나던 곳
마을을 지켜주고 삶에 힘이 되어 주던 성황당과 당나무로
불을 뿜어대며 쏟아지는 빗줄기가 두렵다

언제부터
나랏님께서 서낭제를 올리지 않으셨는지
갖가지 백성들의 원성들이 솟대 끝에서만 아우성이다

올해에는
물에 잠기고 흙에 묻혀 한을 품고 신음하는
백성들이 없기를 빈 가슴에 담는다

가을의 절망

시월의 바람이 부는가 했더니만
어느 결에 코스모스 힘이 부치는가 보다
높이 나는 고추잠자리 사이로
솜사탕 같은 구름이 하늘로 그득하다

쌓였던 시름 걷히면
시월의 푸른 하늘처럼
응어리진 아픔 풀릴 줄 알았는데
산다는 것이 정녕 시련의 연속이라 했는가

섬뜩한 시멘트에 등 대고 누워
달콤한 옛 추억 찾아 허둥지둥 헤맨다
두 눈 크게 뜨고 두 다리 버둥대다 또 다시
먹구름 낀 하늘만 바라본다

금수강산
새들과 꽃들도 풍요롭다 하는데
이 가을의 희망이 산산이 부수어질 줄이야
끝 모를 추락으로 조각나는 가을이다

매일 피는 꽃

둥근 의자에 앉아 시계 소리를 듣는다
유리창 밖에는 어두움이 옅어지며
앞산보다 먼 곳에선 산봉이가 밤안개를 벗고는
잠 깬 아이처럼 일어선다
가로등보다 일찍 별을 감춘 새벽이
땅 위로 스며드는 골목길이다
어둠에 에워싸인 채
큰 길로 나서는 그림자
가냘픈 몸집과는 달리 발길이 무거워 보인다
종종걸음 쫓는 손수레가
물레 돌리듯 제 몸을 얌전하게 굴린다
그림자의 주인은
새벽하늘을 볼 줄 모르는가 보다
훤히 밝아오는 하늘 한 번 흘깃거릴 법도 하건만
내 일이 아니라는 듯 관심 밖이다
콤바인 자국 위에 떨어진 벼이삭이 갖는 허망함이
손수레 끌고 가는 이의 소외감보다는 덜 하겠다

매일같이 하늘이 열리면
손수레에 어김없이 찾아오는 새벽이
희망의 꽃을 피운다는 사실을
듣도 보도 못하고 살아갈 뿐이다

방황

꿈이라곤 꾼 적이 없었는데
간밤에 무성한 나무 숲길을 걸었다

굴참나무 죽은 잎 속 머리 내밀던
다람쥐 한 녀석 자취도 없고
소나무 스쳐 지난 바람에
솔 잎 무수히 떨어졌다

밝은 빛은 어느새
어둔 그림자 남겨두고
망각 속에 갇혔는지
헤매던 길마저 끊어 놓았다

가도 오도 못하고
잎가지도 껍질마저 벗겨진
앙상한 뼈마디만 허옇게 드러낸
고목이 되었다

구멍구멍 스믈스믈 파고드는

애벌레 간지럼에 깨어나서는

어드메쯤 헤매임 멈출지 모를

길 떠날 채비에 분주하다

설악산의 길손

눈 덮인 설악산에 어둠이 내리면
하소연 들어줄 이 없어 쌓이는 외로움
해질녘 봉우리에 무지개 띄우던 구름도
삼삼오오 제집 찾던 철새 따라갔는지
수백 년 살아온 금강송도 잠이 든 밤에
길손은 잠들지 못하고 돌아눕는다

연탄재와 할머니

빙판으로 겨울 나는 곳
도심의 달동네 어느
비탈진 좁은 골목
40년 낡은 대문 앞
한 장 한 장 쌓아둔 연탄재와
낯설지 않은 할머니를 만났다
사진작가의 작품에서나 보았을
살아오신 연륜보다 더 많은
주름골 보기가 민망스러워
연탄재 구멍을 세어본다
"무엇하시려고요?"
"눈 오면 사람들 여기로 못 댕겨!"
연탄재를 뿌리시는 할머니
뽀얗게 피어나는 온기가
매서운 골목 바람 녹인다

참으로 귀한 사랑

지나는 차도 쉬는 휴일 아침
팔 높여 걷기도 하고 달려도 본다
요즈음의 생활들이 힘들었다고 푸념하던 마음도
사기대접에 담긴 정화수나 된 듯 맑다
가족과 함께 살아가는 현세가 고마워서
우리 부부 아프지 않고 살다 함께 죽을 수 있도록
자식들 잘 되게 해 주십사 하는 염원
두 손 끝에 모으는 정성의 삶이 있었는지
한 줄기 맑은 기운이 몸을 스친다

앞에 가시는 백발노인들 부부이신가 보다
지팡이 짚고 조심스레 걷는 안노인
구부정한 할아버님이 까치걸음으로 좇는다
무슨 생각들을 하실까
바람처럼 가버린 세월에 남은 것이라곤
몸을 지탱하기에도 힘겹게 메마른 팔다리
삭정이 불에 훨훨 태우듯
한 줌 재로 되어 바람에 실려 가고프실까
행여 자식들에게 누가 될까 염려되어 걸으심이리라

이내
잰 걸음으로 안노인 곁으로 가신 할아버지
왼손에 지팡이 가로 쥐고는
오른팔을 허리춤 깊숙이 끼운다
할멈의 지팡이가 되기로 작정이라도 하셨는지
발 맞춰 걸으시는 곁으로
오색 가을 잎들이 날리며 서로 부딪는다
삭정이는 결코 지팡이가 될 수 없음을
깨우처 주기라도 하려는 듯

장국밥 집

단 한 잎의 마른 잎도 달려 있질 않은
둔탁한 나무가 장승 되어 말이 없다
꽁꽁 얼어붙은 초가집 마당가
창호지 두드리며 지나던 소리가
구수한 냄새에 반했음인지
얼큰한 맛에 송글송글 맺힌
땀방울 대신 시원하다고 외친다
건건이 받쳐 든 나무 소반이
반백의 주모와 연륜이 엇비슷해 보인다
군데군데 벗겨진 옻칠도
짠지 맛도 장국밥도 정겹다
윗목에 놓인 콩나물시루엔
채울 수 없는 시간과
반닫이 장롱이
노끈 두 줄에 매어 달린 대나무처럼
허무의 공간을 채우고 있다
저 주모마저도 매정한 바람에
불려 나갈 쯤이면
짠지 사라진 오지종지와

빈 뚝배기 받쳐진 소반도
내 앉은 이 아랫목에 놓이고
창호지 스치는 빈 바람소리만
방안 그득 맴돌다 떠날 장국밥 집

보리밥

외식을 하자기에
우겨댄 끝에
보리밥 집을 찾아 나섰다

뽀오얀 먼지는커녕
덜컹대는 신작로도 아닌
한 뼘의 보리밭 흔적도
눈에 띄지 않는 쓸쓸한 숲길이다

제법 왁자지껄하다
불혹지년(不惑之年)은 보이지 않고
지천명(知天命) 또래들이 막내급이다

세월의 때도 묻지 않은 가마솥은
골동품인 양 모셔진 채 어색한 침묵이고
무뎌진 추억 속에 자리한 무쇠솥은
열기 뿜어대는 압력솥에 낯가려 운다

벽에 걸린 큼직한 사진 속 보리밭

이랑 살피며 캐던 냉이
푸드득 날아간 고랑의 둥지

이미 종달새 몸 달아 울부짖던 소리와
열무 고추장 함께 비벼대던
양은양푼에 부딪는 숟가락 소리가
세월의 뒤켠에 머문다.

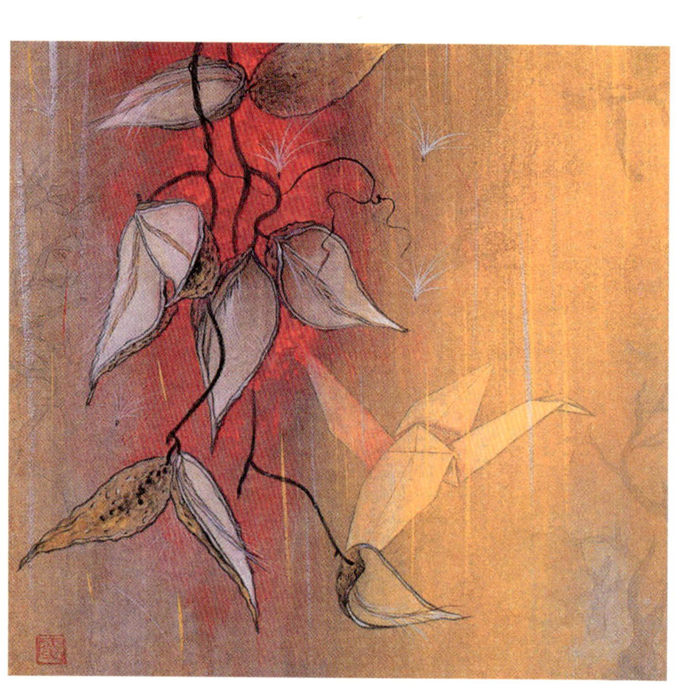

눈 오는 날 참새잡이

꽃다지

사는 동안 동행이 있으면
행복하다 했는가

나비 있는 곳에 벌이 있듯
냉이 있는 곳에 꽃다지 있다

늘 함께 있어
서러운 신세

냉이 캐어 바구니 담을 때
외면 당하는 서글픔

피우는 꽃조차 닮았거늘
한숨 한 번 쉬고 지는 꽃

꽃다지 지기 전에
어렵사리 사는 동생에게

봄 내음 그윽한
식탁을 마련하리라

쑥

들과 산
싸리 울타리 밑에도
봄보다 먼저 봄을 알리던
쑥이 한창인 봄이다

쑥버무리와 쑥개떡을 좋아하셨던
아버지가 보고 싶다

주책이라 흉잡혀도 좋을
참쑥의 새 순을 따서
아내더러
쑥떡을 만들자 해야겠다

쑥버무리 한 접시
쑥개떡 한 접시 그득 담아서는
선영을 찾아뵙고
절이라도 올려야겠다

어머니 모르게

아담의 여인

하루도 빠짐없이 그녀를 찾는다
사십여 년 광야를 헤맨 출애굽의 여인처럼
언제 끝날지도 모르는 방황 속에서도
순명으로 희생으로 사랑으로
잘못 맞추어진 갈비뼈로 인해
육체와 영혼이 어긋난 불구 되어
스스로 품속에 자신의 꽃 한 송이
가꾸고 피우려 하지 않은 여인
창세기 창조 신화에서나 살았었을
전설 속 사랑 이야기의 주인공을
아담보다도 더 뻔뻔스럽게
하루도 빠짐없이 찾는다 그녀를

명아주

잘 커서 보람된 일을 하라셨던
어릴 적 아버지의 가르치심

어쩌다 찾은 산사의 토산품점
잘 자란 명아주 청려장(靑藜杖) 보노라면

오랫동안 누워 계셨기에
발걸음 옮기지 못하셨던 모습

생전에 다하지 못한 불효
죄스런 가슴엔 돌덩이 하나

청려장 있는 곳에 아버지 계시듯
오래오래 사시기라도 하셨더라면

무더위

잠자리 낮게 날다 차에 부딪힌 사체들
숨 막히는 막바지 더위에
가난한 이들이 힘들어 한다
멱감던 시절의 뚝방
미루나무 곁으로 고추잠자리 모이고
혀 길게 빼물고 늘어진 누렁이 주변을 맴돌던
그 때도 대지는 목말라 했었다
거적 태우시던
연로하신 얼굴들이 석양처럼 붉으셨었는데
빛은 바랬으나 잊지 못할 사진이다
올 여름도
거적 태우는 열기로 방방곡곡이 불탄다
내 고향
시원한 그늘이 그리웁다

동행

단지
그리움 때문에
따사로운 손결과
부드러운 숨결까지도
멀어지고
잊혀진 적도 없는
동반자여

먼 훗날
육신만이라도
누가 앞서 떠난다면
그리움이 서러워
헤어짐이 두려워
하루 밤인들
쉴 수 있으리

꼬집는 말

사랑을 받을 줄만 아는 놈은
베푸는 이의 수고로움을 모르는가 봅니다
아니면 모른 체하는지도 모르겠습니다

아름다움 뽐내며 향기 자랑이나 하는
개목련꽃처럼 자아도취라고나 할까
화무십일홍(花無十日紅)인데 말입니다

오늘도 메모지 한 장 달랑 챙기고
시집인가 뭐시깽인가 집어들고는
휘적휘적 또 나서나 봅니다

있어야 할 빈 자리를
채워대는 이의 희생을 모르니
답답하여 꼬집는 말입니다

달콤한 목화밭

뜻하지 않게 친구를 만났을 때보다
더 큰 놀람으로 발길을 멈췄다
재래시장 후미진 곳
간판도 없고
낡은 미닫이 유리문에 붙여진 세 글자
솜 틀 집

책보 어깨 등에 질끈 매고는
뛰다가 메뚜기 잡고
걷다가 고구마 한 개 서리하여
콩 잎에 쓱쓱 닦아 베어 물던 하굣길
어린 목화 껍질 속에 담긴 달콤한 기억
목 화 밭

껌뻑이는 호얏불
방안 가득 솜 곱게 펼치시곤
긴 바늘 긴 실로 한 뜸 한 뜸 꿰시던
골무 끼신 어머님의 손길
어둑한 낡은 창 너머엔
낡은 필름이 소리 없이 감긴다

김장철

농산물 시장이 북적인다
노랗고 빨갛고 색색 과일이며
땡 여름의 푸르름 간직한 무 배추
펄떡이는 생어(生魚)들까지도
비릿한 파도가 그리움일 게다
가슴에 고향을 묻고 사는 이들의
삶이 너울대는 오후

곳곳에 낙엽이 북적인다
장독 곁에 수북이 갈잎 쏟으며
심통스레 서걱대던 아침이면
하얀 된서리 입김에 녹여
텃밭에 뿌리곤 하였다
김장하던 어머님 손길이 그리운
갈색 빛 도심의 오후

나팔꽃 여인

산새의 지저귐이
고요한 바람에 얹혀지는
숲 속이 아니어도
거친 땅 살찌우는 들녘이 아닐지라도

빛깔 고운 흙 한 줌씩
하얀 사기분에 채우고
한 해 전 거두었던
까망 나팔 씨 다섯 개
야트막히 묻어 놓고는
거름도 못 준 미안함과

거둔 자의 미안함까지도
아침 저녁 물에 담아
햇살 대신 눈빛으로
비료 대신 정성으로
보고 뿌리고 가꾸었다

아침마다 실을 타고 오르면서

넓은 유리창에 잎도 꽃도 온 몸을
오직 남은 희망인 양 거머쥐고는
벗어나고파 외쳐대는 나팔꽃
하루하루 좌절을 딛고 피움은
아침마다 전하고픈 사랑이어라
소중한 이에게 보여주고픈 마음이어라

호박꽃

고향이 몹시도 그리운 누군가가 심었을 게다
치솟은 아파트 담장 끝 모퉁이에
호박꽃 한 송이 달랑 짊어진 채
이리 저리 꿈틀대다
시멘 담장 부여잡고 힘겹게 오르는 모습

꽃송이 매어단 새끼 호박
피워도 못 본 꽃봉오리와 함께 시름댄다
도심의 매연 뒤집어 쓴 탓일 게다
머리부터 날개 죽지가 온통 시커먼
서너 마리 참새 시멘담장에서 꾸벅인다

낯선 곳에서 보는 낯선 모습
봉숭아 활짝 피운 나의 고향 채마밭엔
지금 쯤 호박꽃 지천일 게다
주먹만이나 한 호박 영그는 넝쿨 사이
뾰족이 날개 내민 방아깨비 찾는 참새 소리

메뚜기잡이

옛날에는 강아지풀의 키도 컸었다
쭈욱 뽑아서는 메뚜기를 길게도 꿰었다
논두렁에서 튀고 휙 날으는 놈 잡느라
눈도 마음도 손만큼이나 분주했다
두렁마다 풍성한 콩잎엔
암수 쌍인 녀석들이 유난스레 많았다
콩을 밟아 부러뜨리다 혼난 적이 엊그제인데

요즘에는 수수밭 보기 힘든 만큼이나
메뚜기 잡는 모습도 시대적 유물이다
휘이 참새 쫓던 허수아비도
푸대접으로 고향 떠난 지 오래다
새참 먹던 논두렁엔 녹슨 낫 조각뿐
콩깍지 태우던 굴뚝엔 한숨만 그득하다
추석달 보며 송편 먹던 때가 엊그제인데

찾고 싶은 추억

다시 찾은 그 시절
맴맴 쓰름쓰름
봉당 구석구석 기웃대는 개미들
처마 밑 윙윙대는 말벌
한 여름 뻐꾸기도 반가움이다
봉숭아 백일홍도 유난스레 붉고
어미 닭도 여전하건만
잃어버린 사진 한 장이
가슴 저미며 아픔이다
정겹게 노니는 참새도 변함없고
배추흰나비 담장 너머 사라지더니만
노랑나비 한 녀석 분꽃 찾아 나풀댄다
찾을 길이 없는가
쇠잔한 모습일지언정 뵐 수만 있다면……

추석장을 보며

지난해에도 추석상은 풍성했었다
적(炙)이며 전(煎)을 놓아드리고
햇콩 송편에 햅쌀로……
햇밤과 햇과일로 마련한
추석상은 보기에도 좋았다

며칠 앞으로 다가선 추석
아내와 함께 찾은 도시의 추석장
채워지는 장바구니는 그득한데
채울 수 없는 빈 가슴엔
효(孝)를 못다한 후회만이 가득하다

정월 보름달에

밤기운이 이젠 서늘하다
틈도 없이 지나는 차들이
밀쳐대는 바람 때문에
발길이 어수선하다
올려 보는 하늘엔
하루만큼 지나쳐 익어진
둥글막한 달이 반가움이다

아주 먼 옛날
밤에 피는 꽃이
흐드러지게 피며 달빛을 만끽하던 날
달맞이 꽃말이 간직함처럼
마법에 취했었다

오늘밤
내 손을 꼭 잡았던 그녀의 따스한 행복
달 그림자 따라오는 밤길에서
청해야겠다 그때처럼
죽는 날까지 달을 품고 살자고

내 영혼의 공간

누워 팔다리 펼치면
맞닿을 공간에서
창 너머 투명한 세상을 본다
연기 피워내는
기와 얹은 집 뒤로
네모 반듯 반듯
쓸쓸함이 맞대어 있고
하얗게 마른 개울 건너
낮게 짓눌린 산
살다 간 이들의 흔적을
보듬고 말이 없다
하늘 높이 솟은 먼 산에
눈길이 닿을수록
좁아만지는 나의 공간에
늦기 전에 더 늦기 전에
내 영혼을 위하여 빌어 줄
동행자의 자리를
마련해야겠다

화롯불과 군고구마

옷을 껴입고 아파트를 나선다
화덕에 나무 조각을 열심히 넣고 있다
너무 추우니까 팔리지도 않는단다
그래도 열심히 사는 젊은이가 장하다는 칭찬에
어쩔 수 없어 한단다

바람이 더욱 세차다
불고 싶어 불고 춥고 싶어 춥겠는가
잠시 불을 쬐었다

가마솥 아궁이에 쇠여물 끓이시던 외할아버지
아침이면 화로에 불을 담아 윗목에 놓아 주셨는데
쌈짓 담배 피우시고는
인두로 불을 헤집어 꺼내주신 고구마

코로 김을 뿜어대며 푸짐스레 먹던 소의 표정과
외조부의 표정이 꼭 같았다
사라진 화로와 화롯불이 그리워진 나이가 되어서야
청태산이 품고 있는 마애석불에서 또 다시 보았었다

저 젊은이의 가슴에 군고구마가 어떤 추억으로 남을까
쇠여물내 나는 봉지를 받아쥐곤 불 곁을 떠났다
아직은 내 가슴에 화롯불 온기가 남아 있음을 느끼며

겨울밤

모진 추위 속에 꽁꽁 갇힌 이맘쯤이면
군불 땐 사랑방 아랫목이 생각나듯
흙냄새 그윽한 고향이 그립다

지금도 내 가슴에는 버리지 못하고
추억을 차곡차곡 쌓아둔 사랑방 하나
새끼 꼬고 쌈짓담배 두러두런
찌그러진 양은 양재기에
길쭉길쭉하게 썰어 담고는
신김치 숭숭 비벼
양념장에 참기름 냄새 구수하게 밴 곳

유난스레 친구를 고향을 사랑하신 선친
눈 쌓인 날이면 매일 밤 벌이신 묵 잔치
집집마다 메밀을 기르던 시절인지라
마실 올 때면 두어 덩이씩 싸들고 오셨다

찬 바람 부는 도심의 야심한 밤
메밀묵 장수의 메마른 외침이
잠 못 들게 하는 밤이다

초가지붕과 고드름

처마에 달린 고드름 하나
꼬맹이 고추만이나 할까
물방울 똑똑 떨어지는 따스한 오후

책보 벗어 던져 놓고는
부엌 찬장에서 허겁지겁
빈 그릇과 숟가락 두 개

얼음 깨고 퍼낸 김칫국
이불 속에 넣어 두신 밥주발
거꾸로 쏟아 붓고는 뚝 뚝

초가지붕에 쌓였던 눈도
고드름 녹아 떨어지는 소리도
자치기하자고 불러대는 목소리도

툇마루에 마주 걸터앉아
김칫국에 밥 말아먹던 동생은
삶이 거워 잊고 살지나 않는지

축복

여리기만 하던
나무 한 그루
장한 모습으로 우뚝 서

곱기만 하던
꽃 한 포기
귀한 모양새로 꽃피워

이제 하나 되어
그늘이 되고
꽃향이 되어지리

냉이 꽃

개나리 피는가 싶더니
노란 냉이 꽃도 보인다

꽃이 피면 세어서 못 먹는다 하시며
낡은 양재기 들고
보리밭으로 가시던
어머니의 손등이 억세어져 버렸다

이 봄 가기 전
마련한 양은 양재기에
여린 냉이 그득 캐어서
냉잇국 끓여 달래야겠다
머리마저 세신
어머니께

눈 오는 날 참새잡이

창 밖엔 눈이 펑펑 내린다
함박눈이다

오늘 같은 날이면
아버지는 새덫을 만들어 주셨다

손가락 굵기 싸리나무 껍질 벗겨
둥글게 묶고는
가는 새끼로 얼기설기
받침목에 단단히 고정시키고
질긴 실 여러 번 꼬아
밥풀을 메긴 후
미끼 달 핀까지 완벽하게
새덫을 만드셨다

펑펑 눈을 맞으며
볏짚가리 쌓인 논으로 가서는
벼이삭 주워 미끼 달고
덫을 핀으로 고정시킨 뒤

주변으로 볏짚 헤쳐 놓는다

콧잔등 발그스레
손 끝 호호 불며 발을 동동
어쩌다 한 마리 잡으면
구워 주시던 모습

내 지금 모습보다 훨씬 젊으셨던
아버지의 함박웃음이
펑펑 쌓인다

꽃과 철새의 어우러짐

—이강우의 시 세계

임 헌 영

(문학평론가 · 민족문제연구소 소장)

1. 빈 마음으로 피워냈기에 오래 남는 꽃

이강우 시인은 안성시 공도읍 출생으로 안산시에 있는 반월정보산업고등학교 교사, 수원 장안대학 교양학부에 출강하고 있으며, 시집《들이 좋아 피는 꽃》과 동인지《이방인의 도시》등을 낸 겸손한 시인이다.

이강우 시인은 "반년이 넘도록 암으로 치료 중이던 나를 돌보던 아내는 1차 치료기를 끝내던 날 '탄생' 이라는 말을 내게 했다. 새로 태어났으니 '더욱 겸손 되고 감사의 마음으로 살아야 될 것' 이라는 당부" 를 되살려 이렇게 새 시집《철새들의 춤》을 내게 되었다고 말한다.

겸손하고 감사하는 마음이란 바로 시인의 삶의 기본자

세를 뜻하는 바로 그건 들꽃과 철새를 닮은 자연의 순리에
따르는 자세일 터이다. 그러기에 이강우 시인은 첫 시집이
들꽃처럼 살아가는 삶을 주제로 삼았다면 이번 시집은 그
연속선상에서 '철새'와 같은 부유하는 인생살이에 시인
의 안광을 집중시키고 있다. 꽃과 철새, 이것이 이강우 시
인의 시를 집약시킨 두 단어일 것이다. 둘 다 자연과 조화
를 이루는 생명체의 상징으로 탐욕과 죄악에 물들지 않는
삶의 아름다움을 상징한다.

시인은 이런 삶을 〈야생화(野生花)〉를 통해서 이렇게
노래한다.

바라는 소망

갖고 싶은 욕심도

바람에게 내어주고는

빈 마음으로

피워낸 꽃이기에

보는 이들의 가슴에

오래 남는가 보다

모진 세월

비바람 세찬 날들

맨몸으로 견뎌 내고는

빈 마음으로

피워낸 꽃이기에
찾는 이들의 마음에
오래 피어 있는가 보다

길가 풀 숲
이름 없어도 좋은 꽃을 보며
잠시 속세 떠난 구도자가 된다
빈 마음에
호사롭지 않아도 좋을
꽃 한 송이 가꾸기로
곁에 머무는 바람에게 전한다

—〈야생화〉 전문

　빈 마음으로 피워냈기에 그 아름다움이 오래 남는다는 시인의 미의식은 표피적이 아니라 내면적인 것으로 꽃만이 아닌 인간의 삶을 되돌아보게 만든다.
　〈소나무와 제비꽃〉은 어떤가.
　"위엄 있어 보이는/ 소나무 숲에는/ 크고 작은 잔 나무들이/ 별로 없"는데, 그 이유를 시인은 못 살게 굴어 쫓아낸 것인지, 겁먹고 피해 달아난 것인지, 아니면 드문드문 볕드는 곳으로만 부실한 녀석들이 눈치라도 보며 움츠린 채 살아가는 것인지 모른다. 그 외로워 보이는 소나무 곁을 지켜주는 건 "빛 고운 제비꽃/ 환한 보랏빛" 으로 그들이 함께 하기에 "소나무 숲은/ 아름답다"는 건 더불어 삶의 찬가이다. 야생화와 나무의 어우러짐이 조화로운 삶을 이룩한 경지의 표현이다.

이처럼 조화를 이룬 자연의 평화로운 경지를 시인은 〈논과 밭 사이 두렁〉으로 형상화 시킨다. 가을을 보려고 들을 찾은 시인은 "호박꽃은 아직 한여름인 줄" 착각하고 있음을 주목한다. 당연히 그 꽃들은 달콤하게 탐하는 징징대는 벌들에게 몸 활짝 벌려주고 있는데, 시인은 시선을 돌려 "하늘 높은 곳에선 수숫대/ 하늘 낮은 곳에선 벼이삭/ 망을 뒤집어 쓴 우스꽝스러운 조이삭도/ 새와 먹이 다툼하는 사람들의 뉘우침을 위해/ 머리 숙여 가을의 기도를 드리고 있다"고 그 상부상조하는 자연의 조화로움에 탄복한다. 여기에다 메뚜기 한 쌍이 꼬투리 풍성히 단 콩잎에 앉아 "멍청해진 눈망울 크게 뜬 채/ 둘러보아도 보이지 않는 혈육을 찾고 있다"는 대목에 이르면 시인은 이제 들꽃이 왜 그리도 아름다우며, 그 아름다움이 얼마나 많은 다른 생명들을 길러 내는가를 일깨워 준다.

그러나 세상은 온통 조화롭지만은 않아서 약탈과 살육이 감행되고 있기에 시인은 〈고로쇠(骨利樹)나무〉에서 "빼앗기는 자의 한(恨)/ 방울방울/ 점점이 쇠약해져만 간다. 뼈도 영혼도/ 피하고 싶어도 벗어나고 싶어도/ 무기력과 무저항/ 그러나 찢긴 상처 침묵의 의지로 이겨낼 수 있음을……/ 욕망을 앞세운 파괴도/ 모래와 자갈과 시멘트가 배합된/ 탄소동화작용의 의지로/ 주검의 흔적 그대로 간직한 채/ 새 살로 상처를 감싼다."고 그 참담한 경지를 차탄(嗟歎)한다. 인간을 우주의 쓰레기라고 비꼬았던 건 바로 파스칼이었는데, 여기서도 예외가 아니다.

그런데 시인은 인간의 잔혹성을 비판하기보다는 오히려 그런 가혹성 앞에서도 의연히 자신의 생명을 갈무리하는 자연의 위대성을 강조한다.

왜 시인은 인간의 가학성을 더 예리하게 추궁하지 않았을까. 그것은 인간들이 가학성과 함께 엉뚱한 자연보호 행위도 하고 있기 때문이다. 시 〈보호수 소나무〉는 등기도 없는 땅, 일제 때에도 빼앗기지 않았던 땅에다 쇠 파이프로 선을 그어 놓고는 잘 모실 터이니 투덜대지 말고 잘 살라는 보살핌을 받고 있는 노송의 운명을 노래한다. "깡통 속에 잡혀 석유냄새에 발버둥치며/ 죽어가던 송충이 시절보다/ 뿌리부터 갉아 먹는 재선충을 품고/ 곁에서 죽어가던 모습을 보았을 때보다/ 더 섬뜩"한 그 갇힌 삶에서 노송은 "기껏 백 년도 못사는 너희가 어찌 삶의 이치를 아는가/ 조상 대대로 살아오며 지켜온 고독한 역사를 어찌 아는가"라고 인간을 향하여 질타하지만 허리 굽은 노인장 관리인은 "몽당비로 몇 번 획 쓸고는/ 일수 장부에 도장 찍듯 관리부에 눈도장 찍고는 사라진다." 그 노송에게 "허옇게 드러낸 굵은 정강이뼈에/ 색동 리본 매단 쥐새끼만 한 강아지/ 오줌 찔끔대곤 흙도 없는 시멘트바닥 뒷발질로 늙어" 대건만 쇠 파이프에 갇힌 채 의연히 늙어가고 있을 뿐이다.

이렇게 노쇠해 가는 생명체라고 깨달음이 없을까. 오히려 그 반대다. 〈권금성의 노송〉은 철학자의 자태로 등장한다.

"설악산 정기의 심장/ 권금성 비곡에 노송 한 그루" 에서 "해탈 앞둔 수도승의 고귀함을 본다/ 바라만 보아도 마음 가다듬을 경외심// 오욕 잠재울 깨우침을 받으려/ 품에 안아 보았다 나를 품어 주었다// 무언의 어머니 품이었다" 고 풀이하는 시인은 이제 들꽃과 나무를 통한 삶의 원숙한 경지를 답사하는 구도자가 된다.

2. 저어새를 죽이는 인간을 고발

들꽃과 함께 새를 비롯한 동물들에 대한 시인의 시선도 따스하기는 마찬가지다. 새들이란 게 시인에게는 들꽃과 같은 소중한 존재인지라 자연과의 공존공생을 철칙으로 삼는 조화의 묘미를 터득한 생명체이다.

〈철새들의 춤〉에서 시인은 "차디찬 이곳에 스스로 찾아와서는/ 원죄도 없는 맑고 정결한 모습으로/ 붉새 피우고 붉살 태우는 시각에/ 이곳 사는 이들의 잘못을 대신하여/ 속죄하는 군무제를 올린다" 고 풀이해 준다. (*붉새 : 아침 노을, *붉살 : 저녁 노을). 새들이 속죄할 일이 무엇이겠는가. 그건 차라리 인간의 죄악을 그들이 대신해 주는 것으로 볼 수 있겠다.

인간의 심술이란 무엇인가. 〈옥수수 장수와 비둘기〉는 "낡은 트럭 밑으로 비둘기 몇 마리"가 "옥수수 파는 아저씨 반쯤 먹던/ 알갱이 밑밥 따라 조금 조금/ 낚인 고기처럼 눈알 번뜩이며 다가온다"고 서두를 뗀다. 비둘기를 유인하고 싶진 않았지만 결과적으로는 먹이로 그들을 유혹해내는 데 성공하자 조수석의 아내가 비둘기를 내쫓아 버린다. 빈손에 옥수수 조각만 흩뿌려지는 광경을 바라보는 아저씨의 머쓱한 표정은 곧 우리들의 공수래공수거의 삶에 다름 아니면서도 인간의 무연한 심술이 묻어난다.

철새의 본능은 이런 것과는 대조를 이룬다. 〈소나무 숲에서〉는 까치들이 숲으로 돌아오기 시작하자 "그림자 길게 뉘인 소나무가/ 참새 무리에게 품속"을 내어주는 정경을 통해 "베풀어 내어주는 삶에서/ 선택된 사랑을 받는 이유를/ 늘 푸르게 살 수 있는 이치를/ 이제야 조금 알 것 같다"는 사연을 펼쳐준다. 이런 조화를 깨뜨리는 존재로서의 인간에 대한 참회는 아무리 철저해도 모자랄 것이다.

이런 인간의 죄악이 점점 자연까지도 물들게 하는 걸 시인은 〈갈매기의 슬픔〉에서 고발한다. "바다를 등지게 한/ 철없는 인간의 욕망에 길들여진 갈매기의/ 가련한 눈빛/ 영혼을 벗겨 보는/ 덧없는 나의 눈빛"이 바로 그런 뜻이다. 인간이 재미로 준 먹이가 갈매기로 하여금 자연과의 조화로운 삶을 망각토록 만든다는 시인의 한탄은 당연한 지적이다.

이런 인간의 자연스런 우주의 섭리와 질서의 교란 행위 중 으뜸 되는 걸 시인은 환경 생태계 파괴로 보고 있다. 그래서 그는 〈저어새의 죽음〉에서 "겟세마네 동산이 아닌/ 무명의 숲에서 갯벌에서/ 창조된 모습으로만/ 살았던 흔적들은/ 삶 자체가 평화 아니었던가/ 이기적인 인간들의 욕심이/ 저지르는 행위가 두려움인 줄 모른 채/ 순백의 삶을 살 줄만 알았던/ 저들을 멸종으로 내몰아 왔다"고 직설적으로 고발한다.

우주의 질서를 파괴하는 시대를 시인은 〈상실의 시대〉라 불렀다. 여기서 그는 "불을 다 끄고 하늘을 보아도/ 어둡지 않으니 밤이 실종되었는가 보다"라고 문명세계를 진단한다. "욕망 앞세워 암흑까지도 오염시킨 이들은/ 양심마저 내버린 그 자리에/ 역겨움 그득 담고서도 뻔뻔스레 외친다/ 밝은 하늘에 맹세코/ 한 점 부끄럼 없이 살고 있다고".

죄의식 자체가 소멸해 버린 터라 죄를 짓고도 모르는 시대란 뜻이다.

들꽃도 새들도 우주의 섭리대로 살도록 만들지 못하는 세상 이치를 시인은 나지막한 목소리로 나무라지만 이 시인이 진정으로 지향하는 바는 그 나무람이 아니라 아무리

인간이 해치려 해도 광막한 우주 삼라만상이 지닌 조화로
운 삶의 철칙은 깨어지지 않는다는 낙관론이다.
　이런 낙관론의 근거를 시인은 아래 시로 입증해 준다.

　　산까치는
　　삶의 행복이
　　산에 있음을 알기에
　　단 한 번도
　　바다 위를 날지 않으며

　　갈매기는
　　자기의 운명이
　　바람이 몰고 온
　　파도 위에 있음을 알기에
　　산을 바라보질 않는데

　　내 영혼은
　　방황 멈추고
　　편히 쉴 곳 어디이기에
　　욕망 좇아
　　헤매이려 하는지

—〈어디에서 방황이〉 전문

들꽃과 새들이 우주의 섭리를 거스르지 않은데 비하여 인간만이 그 질서의 파괴자임을 한탄하는 구절이다.

3. 허무한 존재가 행하는 사랑의 의미

아무리 우주의 섭리에 순응해서 복되게 산다 한들, 들꽃처럼 철새처럼 산들 삶이란 언제나 허망한 것임을 깨닫는 건 구태어 시인이 아니라도 된다. 하물며 시인에게랴.

천 년 세월의 흔적이
말없이 흐르는
시간의 바람 앞에 맴돌다 스치운다

존재가 허무였고
찬란했을 무상함은
표정 없는 몸짓으로
소리 잃은 침묵

삶은 허물어져 밟히고
주검들은 먼지 되어 떠돌며
고독과 절망은 새가 되어
먼 이방인에 낯가려 운다

탑 속에 갇힌 영혼처럼

욕망의 사슬에 묶인 중생들

생의 끝에서도 겸허할 수 있는

깨달음을 얻은 곳

채워지지 않을 번뇌와

벗지 못하는 멍에를

빛바랜 돌 틈에 얹어두고

무거운 발길을 옮긴다

—〈앙코르와트 바콩사원에서〉 전문

예술이 아무리 길다 한들, 그 긴 예술품이 남아 오래도록 뭇사람들에게 감탄을 자아낸다 한들 그걸 창조한 인간의 삶은 종국에는 허망한 것. 그걸 앙코르와트에서 느끼지 못하는 관광객은 없을 터인데 시인은 여기서 겸허함을 배우고 돌아온다.

〈앙코르와트 톤레삽 호수에서〉는 삶의 허망함보다는 오히려 현실적인 삶의 누추함을 느끼게 한다. "호수촌 일몰의 비경이라며 감탄한 부끄러움이여/ 슬픈 눈동자를 외면한 위선의 냉정함이여// 마른 갈잎 같던 애원의 손/ 헐벗은 맨발로 물 달라던 몸짓/ 어린 참새 죽였던 환영이듯 아른댄다/ 가진 것 모두 어느 하나 내어주지 못하"는 자신을 탓하는 나약한 생활인으로서의 자책에서 인간미를 느

낄 수 있다. 더구나 이런 가난한 나라와는 달리 〈융프라우에 오르며〉에서는 "갈증과 메마름이 그치지 않았던 곳/ 다툼으로 이어져 온 돌 구름 풀 한 포기까지도/ 인내로 삭이며/ 견뎌내야만 했던/ 땀으로 얼룩진 땅이 아닌 낙원"이라는 풍경과 대비시키노라면 그 슬픔의 뿌리를 사회학적으로 이해하게 된다. 그러나 그 풍요의 땅에서도 시인은 오히려 슬픔을 느낀다. "융프라우 꽃 비단 길에 선택받은 민들레/ 질경이 한 포기를 보는 나는 슬픔이다/ 존재 자체가 즐거운 듯 청아한 새 소리며/ 형형색색 자태로 평화를 만끽하는 저 들꽃들은/ 나를 키워낸 흙 속의 야생조 야생화와 다른 운명/ 먹이 다툼/ 질경질경 밟히고 쪼개진 틈으로 뿌리박아야만 했던/ 아우성의 들새와 들꽃/ 선택받은 알프스에서 보는 서글픔/ 정을 주리라/ 보듬어 안으리라"고 하는데, 이 슬픔은 바로 모든 존재하는 것이 피할 길 없는 비애감에 다름 아니다.

비애감은 〈단테 생가에서〉도 예외가 아니다. "못 이룬 여인을 가슴으로만/ 자학의 고통을 짓밟고 다니도록 한 슬픈 이야기는/ 인생은 가도 사랑은 영원한 것"으로 나타난다.

이 시인의 사랑에 대한 천착은 〈개나리〉에서도 나타난다. 꽃 먼저 피우려고 체온으로 키워낸 사랑의 고통은 "뼛속 마디마디/ 골병 든 것 감추고/ 사랑은 이런 것임을" 보여주고자 함에서라고 풀이한다. 그러나 "춘몽의 세월"은 덧없어서 "사랑의 끝은 슬픔/ 기진맥진 잎 돋우고/ 기력 찾는 모성애"라는 허망함 앞에 서게 된다.

그런가 하면 "님을 그리는 내 마음을 알기라도 하였는가/ 펑펑 흰 눈이 내리더니만/ 환하게 웃음 띤 님의 얼굴만큼이나 반갑더니만" "흔적도 남겨두지 않고 사라져 버렸네"라고 노래하며 그 덧없음을 이내 "사랑은 이다지 야속한 것임을/ 보고픈 마음도 한 때의 꿈"이라고 시 〈춘설(春雪)〉에서 풀이하고 있다.

삶이 덧없으니 사랑 역시 덧없을 터이다. 그래도 그 덧없음을 찾아 헤매는 게 인생임에 〈아담의 여인〉은 "하루도 빠짐없이 그녀를 찾는다/ 사십여 년 광야를 헤맨 출애굽의 여인처럼/ 언제 끝날지도 모르는 방황 속에서도/ 순명으로 희생으로 사랑으로/ 잘못 맞추어진 갈비뼈로 인해/ 육체와 영혼이 어긋난 불구 되어/ 스스로 품속에 자신의 꽃 한 송이/ 가꾸고 피우려 하지 않은 여인/ 창세기 창조 신화에서나 살았었을/ 전설 속 사랑 이야기의 주인공을/ 아담보다도 더 뻔뻔스럽게/ 하루도 빠짐없이 찾는다 그녀를"이라고 칭송한다.

〈나팔꽃 여인〉에서는 "하루하루 좌절을 딛고 피움은/ 아침마다 전하고픈 사랑이어라/ 소중한 이에게 보여주고픈 마음이어라"고 하며, 〈동행〉에서는 "단지/ 그리움 때문에/ 따사로운 손결과/ 부드러운 숨결까지도/ 멀어지고/ 잊혀진 적도 없는/ 동반자여// 먼 훗날/ 육신만이라도/ 누가 앞서 떠난다면/ 그리움이 서러워/ 헤어짐이 두려워/ 하루 밤인들/ 쉴 수 있으리"라고 한다.

이 시인에게 드문 사랑노래들이다. 그렇다고 사랑이 무작정 다 긍정적인 것만은 아니다. "사랑을 받을 줄만 아는 놈은/ 베푸는 이의 수고로움을 모르는가 봅니다/ 아니면 모른 체하는지도 모르겠습니다"(〈꼬집는 말〉)는 게 시인의 아가페적 사랑관이다.

힘겨워하는 이들에게

동정의 말을 건네지 말고

고통 받는 사람들에게

측은한 눈빛을 보내지 말며

삶의 의미를 찾으려 방황하는 분들에게

논하거나 시시비비하지 말아야 한다

힘겨움 뒤에 찾은 기쁨도

고통 뒤에 얻은 행복도

방황 뒤에 만난 평화도

스스로 찾아낸 보물이기 때문이다

이러함이

예측 없이 다가오는 어떤 삶이든

소중하게 맞이해 살아야 할 이유이다

—〈삶의 이유〉 전문

　이런 삶, 이런 사랑을 시인은 인간다운 경지로 파악한
다. 그것은 "보로 위에서 태어난 저들 농기구처럼/ 욕망으
로 무디어진 육신과 마음까지/ 불에 녹아 쓰임새 반듯한
모양새로/ 돌아온 탕자처럼 새로이 다듬어진 육신이고 싶
다"(〈대장간〉)는 삶의 경지, 대자연의 섭리에 순응하는 자
세를 뜻한다.

몇 년간을 들꽃처럼 살았다. 우리들의 삶의 터. 사계절을 맞는 들이 아닐까? 계절 내내 들에 꽃을 피우고 싶었었다. 그러기에 봄꽃을, 여름 꽃을, 가을에는 가을 꽃을 피웠었다.

지난해에는 겨울 꽃이 피었다. 분명 겨울 꽃. 아내는 겨울에 핀 남편의 겨울 꽃이 시들거나 죽을까 걱정하여 울기도 많이 울었다. 다행스레 열매도 맺었고 이제는 봄인 듯하다. 정성스레 겨울 꽃을 돌보아준 아내가 고맙다.

나는 지금도 여전히 들이 좋아 피는 꽃이고 싶다. 겨울을 끝내던 날 아내는 '탄생' 이라는 말을 내게 했다. 새로 태어났으니 '감사한 마음으로 살라' 는 당부와 함께 말이다.

그렇다.

살아 있는 자체가 내게는 감사함이다. 제일 먼저 천주 하느님께 찬미와 감사를 올림은 물론이거니와 그간 기도와 염려를 해주신 많은 지인들께 정성된 마음을 모아 인사를 올린다. 2006년 12월 4일 수술, 그리고 8개월의 시련. 이제 몸도 마음도 많이 건강해졌고 정신도 맑아졌음을 은

인들에게 보여드리고 싶어 용기를 내었다.

그간에 피웠던 꽃들의 흔적. 2003년 처녀시집《들이 좋아 피는 꽃》발간 이후 『월간문학』『펜문학』을 비롯하여 『포스트모던』『지구문학』등의 문예지와 고향 지역신문인 「자치안성」에 지금까지 4년 넘게 발표되고 있는 향토시 (鄕土詩)에서 뽑아《철새들의 춤》을 발간하게 되었다.

정녕 기쁘다.

철새들과 함께 춤이라도 추고 싶은 심정이다. 춤사위가 슬퍼 보이든, 행복해 보이든, 춤을 추고 싶다. 추다가 저들과 하나 되어 훨훨 날고 싶다. 창조주에게 군무제도 함께 올리고 싶다. 저들과 나의 운명이 다를 게 무엇이겠는지? 아니, 저들의 삶이고 싶거늘!

감사하기에 잊지 못할 분들.

국가적 큰 책무로 인하여 매우 바쁘신 데도 해설을 통하여 가르침을 주신 임헌영 교수님께 감사드리며, 귀중한 작품을 함께 게재함으로써 품위 있는 시집(詩集)이 될 수 있도록 배려해 주신 권광칠 화백님이 참으로 고맙다. 그리고 항상 변함없는 가치관으로 초지일관하시는 한누리미디어 김재엽 사장 내외분에게도 큰 발전과 영화가 따라 주기를 기원 드린다.

이천칠 년 겨울 깊은 밤, 서재에서

이강우 제2시집

철새들의 춤

지은이 / 이강우
펴낸이 / 김재엽
펴낸곳 / 한누리미디어

110-816, 서울시 종로구 부암동 185-5번지 4층
전화 / (02)379-4514, 379-4519
Fax / (02)379-4516
E-mail / hannury2003@hanmail.net

신고번호 / 제300-2006-61호
등록일 / 1993. 11. 4

초판발행일 / 2007년 12월 4일

ⓒ 2007 이강우 Printed in KOREA

값 10,000원

잘못된 책은 바꿔드립니다.

ISBN 978-89-7969-317-1   03810